세계사 탐험 만화 역사상식 3

세계사 보물찾기

이집트 문명 편
Vol. 2

세계사 탐험 만화 역사상식 3

세계사 보물찾기 – 이집트 문명편 Vol.2

글 곰돌이 co. | **그림** 강경효 | **구성** 윤세훈 | **채색** 정근붕, 김응경
사진 Wikipedia, Sutterstock, British Museum, dreamstime, The Metropolitan Museum of Art
찍은날 2014년 5월 16일 초판 1쇄 | **펴낸날** 2014년 5월 22일 초판 1쇄
펴낸이 김영진 | **본부장** 조은희
개발실장 박현미 | **개발팀장** 문영 | **기획 · 편집** 이영, 박소영, 조한나, 이종미, 김은미, 이혜지 | **디자인** 박남희, 이유리, 박지연, 김리안
영업실장 김경수 | **영업팀장** 이주형 | **영업팀** 김위웅, 정원식, 최병화, 한정도, 이찬욱, 김동명, 전현주, 정슬기, 이강원, 강신구
펴낸곳 (주)미래엔 서울특별시 서초구 신반포로 321 | **문의** (주)미래엔 고객센터1800-8890 팩스 02)541-8249
홈페이지 http://www.mirae-n.com | **출판등록** 1950년 11월 1일 제16-67호

ⓒ곰돌이 co. · 강경효 2014
저작권자의 동의 없이 무단 복제 및 전재를 금합니다.
＊본 도서는 역사적 사실과 근거를 바탕으로 지은 픽션입니다.

ISBN 978-89-378-9916-4 77900
ISBN 978-89-378-8489-4 (세트)

이 도서의 국립중앙도서관 출판시도서목록(CIP)은 서지정보유통지원시스템홈페이지(http://www.seojii.nl.go.kr)와
국가자료공동목록시스템(http://www.nl.go.kr/kolisnet)에서 이용하실 수 있습니다. (CIP 제어번호 : CIP2014015490)

파본은 구입처에서 교환해 드리며, 관련 법령에 따라 환불해 드립니다. 다만, 제품 훼손 시 환불이 불가능합니다.
값은 뒤표지에 있습니다.

＊(주)미래엔은 대한교과서주식회사의 새로운 이름입니다.

세계사 보물찾기

이집트 문명 편 Vol. 2

글 곰돌이 co. | 그림 강경효

아이세움 i-seum

펴내는 글

아프리카 동북부 지방을 흐르는 나일 강은 인류 역사상 가장 유명한
강으로 손꼽힙니다. 풍부한 강물과 강가의 기름진 땅은 농사짓기에
안성맞춤이라 아주 오래전부터 사람들이 모여 살았지요.
기원전 3000년 즈음 이곳에서 하나의 왕국이 세워지면서 놀라운 문명이
꽃피게 되었습니다. 나일 강에서 시작된 이집트 문명은 후대에 '이집트학'
이란 학문이 따로 생겨날 정도로 많은 기록과 유물을 남기며 눈부시게
발달한 문명이었습니다.

고대 이집트인들은 평화로운 환경에서 문명을 발전시키며 독특한 세계관과
신앙을 키워 왔습니다. 많은 신들을 믿었고, 왕인 파라오는 살아 있는
신으로 여겼으며 사후 세계를 믿었습니다. 나일 강 서쪽 사막에 우뚝
솟아 있는 피라미드와 스핑크스는 모두 이러한 신앙에서 비롯된
것들입니다.

고왕국 시대, 피라미드의 형태로 건설되었던 파라오의 무덤은 신왕국
시대가 되면서 새로운 형태로 탈바꿈합니다. 이 시기에 파라오들은 도굴을
피해 피라미드가 아닌 산골짜기 바위틈에 무덤을 건설하였기 때문입니다.
따라서 많은 보물과 역사의 기록들이 이처럼 왕들이 묻힌 '왕가의
계곡'에서 발견되었습니다.

우리에게 고대 이집트의 문화에 대해 보여 주는 많은 부장품들이 왕가의
계곡에서 발견된 63개의 무덤에서 발굴된 것들입니다. 이곳의 무덤들은
지금도 발굴 중이며, 앞으로 또 어떤 부장품들이 더 나올지 알 수 없지요.

콜렉터 M에게 빼앗긴 파피루스 지도를 찾는 봉팔이와 다이애나,
여기에 파피루스의 비밀을 푸는 지구본 일행까지 더해져 봉팔이의
보물찾기는 결코 쉽지 않습니다. 고대 이집트의 상형 문자 해독은 물론,
풍부한 세계사 지식을 이용해 세티 1세 파라오의 보물에 다가가는 봉팔이!
파피루스가 가리키는 보물은 과연 어디에 숨겨져 있을까요?
보물계의 프린스, 어린 시절 봉팔이의 색다른 모험을 함께하세요!

2014년 5월
지은이 **곰돌이 co.** · **강경효**

차 례

등장인물

봉팔이(파리스)

일행들의 무식에 머리가 지끈거리는
'보물계의 프린스'. 콜렉터 M에게 도둑맞은
파피루스가 파라오 세티 1세의 숨겨진 보물
지도라는 것을 알고 뒤를 쫓는다. 왕가의 계곡에서
만난 지구본의 메모를 본 것만으로도 위치를 파악할 만큼
세계사 지식이 뛰어나다.

봉팔이가 생각하는 이집트의 보물
고대 이집트의 장인들이 모여 산, 장인들의 마을.

봉팔이가 전하는 이집트 여행 팁
"고대 이집트인의 생활상을 알고 싶다고?
파라오의 무덤을 만들던 장인들의 흔적이
남아 있는 장인들의 마을만 한 게 없지!"

다이애나

파라오의 저주 얘기를 꺼내
봉팔이를 이집트까지 오게 만든 장본인.
파라오의 보물보다 둘만의 시간이 소중하지만,
봉팔이를 위해서는 스파이보다 뛰어난 능력을 발휘한다.

다이애나가 생각하는 이집트의 보물
클레오파트라의 사랑이 펼쳐진, 알렉산드리아.

다이애나가 전하는 이집트 여행 팁
"알렉산드로스 대왕이나 파로스 등대의 흔적을
돌아보는 것도 좋지만, 클레오파트라처럼
불타는 사랑을 꿈꿔
보는 게 어때?"

술라

도굴꾼의 마을 쿠르나에서도 명문인
도굴 가문의 후손. 조상이 남겨 준
파피루스를 단서로 보물을 찾지만 정작
소중한 파피루스의 내용은 잘 기억하지 못한다.

술라가 생각하는 이집트의 보물
이집트의 전성기를 연 파라오, 세티 1세의 무덤

술라가 전하는 이집트 여행 팁
"세티 1세의 무덤은 왕가의 계곡에 있는
63개 무덤 중에서도 가장 큰 규모야.
보물은 발견되지 않았지만,
발굴된다면 대박이지!"

지구본

윌리엄 박사의 발굴을 돕는 고고학도.
일꾼 해리가 발견한 파피루스를 따라
세티 1세의 보물을 찾아 나선다. 해리의 뛰어난
고고학 실력과 행운이 놀랍기만 하다.

지구본이 생각하는 이집트의 보물
고대 이집트 건축의 걸작, 하트셉수트 장제전.

지구본이 전하는 이집트 여행 팁
"하트셉수트 여왕은 수염을 달고 남장을 한 채
통치했다고 해. 스스로 여왕 호루스라 칭한
그녀의 화려한 신전 좀 봐!"

해리

낮에는 고고학 지식이 풍부한
윌리엄 교수 발굴단의 일꾼이지만
밤에는 콜렉터 M의 충실한 부하로,
발굴단이 보물을 찾도록 유도한다.

해리가 생각하는 이집트의 보물
고대 이집트의 상형 문자, 히에로글리프.

해리가 전하는 이집트 여행 팁
"세상에서 가장 오래된 문자 중 하나인
히에로글리프는 사람과 동식물 등
다양한 소재를 문자로 만든
상형 문자라는 거 알아?"

그 외 조연들

영국의 저명한 고고학자이자
발굴단을 이끄는 윌리엄 교수.

윌리엄 교수의 제자로 눈앞의 연구가
제일 중요한 도토란.

유물 거래와 밀수업계의 거물
콜렉터 M.

제1장
도굴꾼의 보물 지도

앗! 차, 차가워!
무슨 일이야?!

무슨 일이긴!
당신이 내 발을 깔고
쓰러졌잖아!

쓰, 쓰러져?
내가? 왜?

정신 좀 차려!
파피루스가 사라졌다고!!

뭐? 내 파피루스가?!

이, 이럴 수가!

네놈들
짓이냐?!

11

일단 이렇게라도 떠나지 않으면,

그 생쥐 같은 녀석들이 계속 따라붙을 테지…….

문을 두고 왜 사서 고생을 할까?

진짜 파리스 말이 맞았어! 이 사기꾼!

으흑, 제발 날 좀 내버려 둬!

그 파피루스는 우리 조상님이 대대로 물려주신 귀한 물건이야!

훔쳐 간 놈을 반드시 찾아야 한다고!

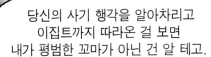

좋아, 얘기해 주지.

파피루스를 누가, 어떻게 만들었는지 말이야.

파피루스를 만든 사람이라고?

그래, 우선 우리 집안은 수천 년 동안 대대로 도굴꾼이었다.

푸하하하~, 대대로 도둑 집안이래!

.....

조용히 좀 해, 다이애나!

혹시 술라 당신, 쿠르나 마을 출신이야?

그래.

쿠르나 마을? 거기가 어딘데?

이집트 룩소르, 왕가의 계곡에 있는 마을이야. 그곳 사람들은 원래 무덤을 지키는 일을 했는데, 나중에는 모두 도굴을 해서 먹고살았지.

거의 3천 년이 넘도록 말이야.

마을 사람들이 모두 도굴꾼이라고?

믿을 수 없어!

아무튼 우리 집안은 마을에서도 꽤 이름난 명문가였지.

전설적인 도굴꾼으로 이름을 떨친 조상님도 계셨고……

도둑 주제에 명문가라니?
그건 진짜 명문가에 대한
모독이야!

얘기 좀
하자!

다이애나, 도굴은 나쁜 짓이지만
이집트에서는 나름의 특별한 사정과
오랜 역사가 있다고.

옛날 이집트인들은 사람이 죽으면 그 혼이
무덤 속에서 살아간다고 생각해서, 무덤에
생필품과 온갖 귀한 물건들을 넣어 두었지.

파라오조차도
선조의 피라미드를 도굴해
자신의 무덤에 넣었다고.

하지만 훗날 인구가 늘어나며
물자가 부족해지자 무덤 속 물건들을
다시 꺼내 올 수밖에 없었어.

어험!

말도
안 돼!

파라오까지 도굴을 했다니!

그중에서도 우리 가문의 솜씨가 제일이었다니까~.

이런 면에서 술라 말도 아예 틀린 건 아니지.

자, 그 전설적인 조상님 얘기나 더 해 봐!

그분의 무덤 찾는 실력은 단연 최고였어!

그러던 어느 날, 최고의 무덤을 발견하셨지.

갑자기 돌아가시는 바람에 무덤의 위치가 제대로 전해지진 않았지만,

그것에 대해 기록한 파피루스가 분명 어딘가에 있을 거라는 전설 같은 이야기가 남겨졌지.

세티 1세는 유명한 파라오 람세스 2세의 아버지야.

어떤 학자들은 신왕조 시대의 전성기가 세티 1세부터 시작됐다고도 해.

그 증거가 바로 왕가의 계곡에 있는 무덤이지. 일단 규모부터 엄청나거든.

세티 1세의 무덤이 대저택이라면, 투탕카멘의 무덤은 창고 수준?

뭐? 투탕카멘의 무덤이 고작 창고라고?

세티 1세
고대 이집트 제19왕조의 제2대 왕으로 람세스 2세의 아버지.
이전 왕조 때 잃어버렸던 시리아와 팔레스타인 지역의 영토를 회복하고
리비아의 침입을 막아 냈으며, 누비아에도 세력을 떨치는 등 신왕조 시대의
전성기를 열었다. 세티 1세의 암굴 묘는 전체 길이 100m 이상으로
왕가의 계곡에 있는 무덤 중 가장 크고 화려하다. 매장실의 벽면에는
잘 보존된 채색 부조와 사자의 서 등의 장례 문서들이 새겨져 있으며,
현재 미라는 카이로의 이집트 박물관 특별실에 안치되어 있다.

그래, 왕가의 계곡에 있는 무덤 중에서도 가장 큰 것이 세티 1세의 무덤이지!

그럼 그 안에 엄청난 보물들이 있는 거야?

아니! 발굴했을 때 이미 텅 비어 있었어!

뭐라고? 술라 당신 조상들이 다 훔친 거지?!

우리 조상님 솜씨라면 뭐 충분히……

하지만 다른 가능성도 있어.

맞아, 현재 발견된 세티 1세의 무덤은 원래 비어 있는 가짜고……

어딘가 진짜 무덤이나 보물 금고가 있다는 얘기도 있으니까.

파라오의 무덤과 도굴꾼

왕가의 계곡, 도굴꾼에 의해 세상에 드러나다

1875년 이집트를 찾은 유럽인들은 고대 이집트의 물건을
몰래 사고파는 암시장에서 귀중한 보물들을 발견하였습니다. 몇몇 학자들은
이 보물들이 도굴의 결과라는 것을 눈치채고 출처를 찾아 나섰고, 쿠르나라는
마을의 모하메드 아브드 엘 라술이라는 도굴꾼을 잡았습니다. 놀라운 것은 쿠르나
마을 자체가 기원전 1200년대부터 이어져 온 도굴꾼의 마을이었으며, 그의 집안은
그 가운데서도 명문가로 존경을 받았던 것입니다. 문화재의 도굴과 불법 판매를
막기 위해 이집트 정부는 아브드 엘 라술을 설득하여 고대 유물 보존국에서 일하게
하였고, 그가 가장 먼저 한 일은 그때까지 도굴꾼들만 알고 있었던 왕가의 계곡으로
사람들을 안내한 것이었습니다. 이렇게 도굴꾼에게 오랫동안 시달리던 왕가의
계곡은 도굴꾼의 도움으로 세상에 알려지게 되었습니다.

신성한 땅, 왕가의 계곡

나일 강 중류의 서쪽, 이집트 룩소르
교외에는 피라미드를 닮은 산이 있고,
이 산의 골짜기에는 안전한 휴식처를
원했던 신왕국 시대 파라오들의
무덤들이 자리하고 있습니다. 이 왕가의
계곡에는 처음 무덤을 만든 제18왕조의
투트모세 1세부터 제20왕조의 마지막
파라오인 람세스 11세에 이르기까지
거의 모든 파라오들이 묻혀 있는 것으로
알려져 있습니다.

왕가의 계곡 신왕조 시대 왕들의 무덤 63개가
발굴되었으며, 발굴된 순서에 따라 번호를 정해 놓았다.

1500년 전 투트모세 1세가 건축가인 이네니를
시켜 찾아낸 왕가의 계곡은 고대 이집트
사람들에게 신성한 곳으로 여겨졌기 때문에
일반인들은 들어갈 수 없었고, 왕의 무덤을
파는 장인들만이 출입할 수 있었습니다. 이러한
원칙은 파라오의 권위가 강했던 시기에는 잘
지켜졌지만, 시간이 지나며 차차 약해졌고 결국
도굴꾼의 손에 많은 부장품이 사라졌습니다.
다행히 20세기에 발굴된 투탕카멘의 무덤은
도굴되지 않은 채 발견되어, 그의 부장품을
통해 당시 파라오들의 화려한 부장 문화를 엿볼 수 있게 되었습니다.

투트모세 4세의 부장품 무덤에서는 생명을
상징하는 앙크와 내세에 하인으로 쓰기 위한
샤브티 인형 등이 발굴되었다.

왕비의 계곡과 장제전

룩소르 서쪽의 나일 강기슭, 왕가의 계곡에서 남쪽으로 1.5km 떨어진 지점에는
왕비와 왕자, 왕녀들의 무덤인 왕비의 계곡이 있습니다. 그러나 총 70기 이상의
무덤들은 대부분 미완성이고 장식도 없으며, 비문도 적은 편입니다.
장제전은 죽은 왕들에게 제사를 지내고 제물을 바치는 건축물로, 대체로 룩소르
서부 골짜기에 세워졌습니다. 3층 건물 실내에 다양한 채색 벽화가 그려진
하트셉수트 여왕의 장제전, 제사 장소·왕궁·신전·창고 등 다양한 공간이 존재하는
람세스 2세의 장제전, 콥트 기독교 교회의 흔적이 남아 있는 람세스 3세의 장제전
등이 관광객들의 눈을 사로잡고
있습니다.

람세스 2세의 장제전 라메세움
장제전 기둥에는 오시리스의 모습을 한
람세스상이 있으나, 이슬람의 지배를
받는 동안 훼손되어 몸체만 남았다.

제2장
알렉산드리아에서 보물찾기

아마르나

음…….

흐음~.

이건 아마르나 시대의 예술 기법으로 새긴 그림 같아요.

인물의 선이 자연스러운 것이…….

아마르나에서 나왔으니 그거야 당연하지!

지금 중요한 건 항아리가 아니라, 그 속에서 나온 저 파피루스라고!

윌리엄 박사님, 혹시 그 파피루스는 지도 아닌가요?

음…….

도토란, 자네 말이 맞네.

아무래도 이 파피루스는 지도 같군.

그럼 무덤의 위치를 알려 주는 지도겠지요?

우리가 내내 찾고 있던 네페르티티 왕비의 무덤요!

글쎄, 그건…….

네페르티티의 무덤 지도가 확실할 겁니다!

후후, 나도 그랬으면 좋겠군!

지구본, 자넨 어떻게 생각하나?

글쎄요…….

만약 도토란 말대로 무덤의 지도라면 누가, 왜 이런 지도를 만들었을까요?

아……!

뭐얏?

그걸 몰라서 그래?

이크나톤이 죽은 후 후대 파라오들이 그와 가족에 대한 기록을 모두 없애 버렸잖아!

흐음.

그의 종교 개혁을 정신병자가 한 짓이라고 하면서 말이야!

그건 그렇지만…….

29

네? 이 파피루스를 발굴 팀에게 주라고요?

후후, 왜? 네가 찾으려고?

그건 아니지. 그들에게 슬쩍 던져 주고 넌 이리저리 흔들기만 하면 돼!

훌륭한 사냥개를 놔두고 괜한 수고를 할 필요 없잖나?

아!

해리, 잠깐!

궁금한 게 있어요!

네, 네?

저 항아리와 파피루스요.

어디서 어떻게 찾았어요?

그, 글쎄요……? 그냥 유적지 작업장에서요?

새벽에 잠이 안 와서 돌아다니는데 발에 뭔가 걸리잖아요.

제가 뭘 아나요…?

돌인 줄 알고 파 봤더니……,

항아리 유물이었다?

흐음….

굴쩍

굴쩍

하하하….

맞아요, 운이 좋았죠!

……

32

우아~, 바다가 정말 아름답다!

그래, 저게 바로 그 유명한 지중해란다.

돌머리 씨가 얘기 안 해도 알거든요?

흥! 도둑 가문 출신이면서~!

네 머리도 만만찮거든?!

정신 사나우니까 그만들 좀 해!

콜렉터 M부터 찾자고! 여기에 콜렉터 M이 있는 게 확실하지?

아, 아마도?

콜렉터 M은 절대 모습을 드러내지 않는 거물이야.

하지만 최근 이곳에 종종 요트를 타고 나타난다는 소문이 있어. 바로 보물을 찾기 위해서지!

알렉산드리아에서 어떤 보물을……?

응?

아, 마침 내 정보원이 왔군!

술라, 무슨 일이야?

갑자기 콜렉터 M에 대해 알아보라니…….

그, 그럴 일이 있네. 좀 알아봤나?

…….

워낙 거물 중의 거물이라 소문은 늘 무성해. 요즘은 무덤을 찾는다던데!

무덤? 누구 무덤?

누구긴~, 알렉산드로스의 무덤이지!

알렉산드로스의 무덤이라고?!

혹시 정복자 알렉산드로스 대왕 말이야?

맞아! 유럽과 아시아, 아프리카에 이르는 대제국을 건설한 마케도니아의 왕자!

알렉산드로스 대왕
그리스의 도시 국가 마케도니아의 왕 필리포스 2세의 아들로,
열아홉 살에 왕위에 올라 그리스 전역을 통일했다.
이후 이집트와 페르시아를 거쳐 인도까지 정복 전쟁을 벌이며
유럽과 아시아, 아프리카를 아우르는 고대의 가장 큰 제국 중 하나를
건설하였다. 이로 인하여 그리스와 오리엔트 문화가 융합한
헬레니즘 문화가 탄생했다.

■ 초기 영역　□ 제국 최대 영역　➡ 알렉산드로스의 원정로

마케도니아

페르세폴리스

이집트

나비 다니엘 모스크

여긴 이슬람 사원 아니야?

그래, 위치상으로 알렉산드로스의 무덤이 있을 가능성이 가장 큰 곳이지.

그리스에서는 시내 중심에 왕릉을 배치하는 풍습이 있었어. 이곳은 알렉산드리아의 중심에 해당하지.

그래서 18세기에 이곳을 지배한 쿠르드족이 이 사원을 세운 거야.

자, 여기에서 콜렉터 M을 기다려 보자!!

참 나~.

그리스 풍습이나 쿠르드족의 사원 위치를 보아, 그럴듯 하기는 하지만……

파로스 등대?!

그건 또 뭔데?

고대 7대 불가사의 중 하나!
알렉산드리아 앞 파로스 섬에 세워진
세계 최초의 등대 말이야.

기원전 3세기, 알렉산드리아 항구로
들어오던 배가 자꾸 암초에 걸려 침몰하자,
프톨레마이오스 2세가 세운 거라고.

30년에 걸쳐
높이 135m에 이르는
등대를 세웠지.

꼭대기의 옥탑에서
불빛을 내보내면
56km 밖에서도
보였다고 해.

그게 지금
어디 있는데?

저 바다 밑에는 아직 수많은 등대의 유물들이 가라앉아 있어서, 지금도 고고학자들이 찾고 있다고!

콜렉터 M이 진짜 그걸 찾고 있겠어?

뭐?

자, 그럼 여기에서 콜렉터 M을 만나 볼까?

등대의 유물이라 해 봤자 오래된 조각상이나 돌 아니겠어?

돈 냄새를 잘 맡는 콜렉터 M이라면 좀 더 화려한 보물을 노릴 것 같은데?

흠…

안 그래?

그건 그렇지만…….

뭐야, 그럼 여기도 아니야?

외세의 침입과 고대 이집트의 몰락

신왕국 시대와 아시리아와의 대립

이집트는 신왕국 시대 제19왕조의
람세스 2세 때 메소포타미아 지역의
히타이트와 지중해 동쪽의 양대
강국이었습니다. 그러나 점차 왕권이
몰락하면서 정치 혼란과 외세의
침입이 이어지는 제3중간기를
맞이하게 됩니다. 기원전 701년에는
팔레스타인을 둘러싸고 군사 강국인

아시리아 기마대의 부조 아시리아는 뛰어난 군대와 기병, 전차와 목조 탑 등 다른 나라에서 볼 수 없는 병기와 강력한 군사력을 가지고 있었다.

아시리아와 대결하였는데, 결국 이집트가 패배하며 아시리아의 영향력 아래
들어가고 맙니다.

후기 왕조 시대와 페르시아의 지배

기원전 600년경 아시리아가 바빌로니아와 메디아의 공격 등으로 약해지면서
이집트는 그 지배에서 벗어났습니다. 아시리아인들을 몰아낸 지방 총독 출신의
파라오 프삼티크 1세는 이집트를 다시 통합하여 기원전 656년에 제26왕조가
시작됩니다. 그러나 이집트에 점점 손을 뻗던 페르시아는 기원전 526년 전쟁을 통해
프삼티크 3세를 처형하고, 총독을 두어 이집트를 지배합니다. 이에 이집트인들은

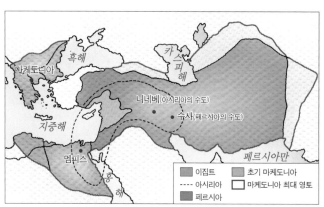

끊임없이 봉기를 일으켜
새 왕조를 열기도 하지만,
제30왕조 때 결국
페르시아의 지배하에
들어가 이후 오랫동안
외세의 지배를 받게 됩니다.

**후기 왕조 시대의 이집트를
둘러싼 나라들**

알렉산드로스 대왕과 프톨레마이오스 왕조

페르시아 다리우스 3세의 대군을 격파한 뒤 이집트를
정복한 마케도니아의 알렉산드로스는 이집트 땅에
자신의 이름을 딴 도시 알렉산드리아를 건설합니다.
대정복 사업으로 바빴던 알렉산드로스는 자신의
장수였던 프톨레마이오스에게 이집트를 맡겼는데,
그는 알렉산드로스 대왕이 죽은 후, 기원전 323년에
파라오로 등극하여 제32왕조인 프톨레마이오스 왕조를
열었고, 이후 클레오파트라 여왕 시기까지 이어집니다.

알렉산드로스 대왕의 모자이크화
다리우스 3세와 알렉산드로스의 전투를
다룬 모자이크화 중 일부이다.

로마 제국의 여왕을 꿈꾼 클레오파트라 7세

기원전 1세기, 지중해 세계는 카르타고를 격파한 로마가 새로운 강자로 등장한
상태였습니다. 클레오파트라 7세는 로마의 카이사르와 손을 잡고 이집트의 유일한
지배자가 되었으나, 카이사르가 암살되자 권력에 위기를 맞을 수밖에 없었습니다.

이후 그녀는 새롭게 로마의 권력을 쥐고 삼두 정치를 이끌던
안토니우스와 힘을 합쳐 재기하는 듯하였으나, 그 역시 악티온
해전에서 카이사르의 양아들 옥타비아누스에게 패함으로써
그녀의 재기는 실패하고 맙니다. 이후 이집트는 국가의 형체를
잃고 로마 제국의 속주로 전락하게 됩니다.

클레오파트라 7세의 흉상 뛰어난 능력과 수완으로 격동기의 이집트를 이끌어 간
여왕으로, 그녀의 생애는 많은 문학 작품의 소재가 되기도 하였다.

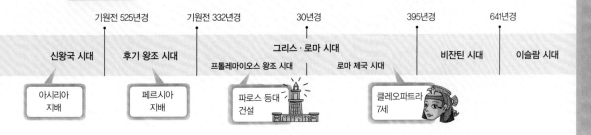

제3장
수상한
검은 요트

알렉산드리아 호텔

저 아저씨 코 고는
소리에 호텔이 다
들썩인다고!

아유,
시끄러!

오늘 많이 돌아다녀서
피곤하다잖아~.

다이애나, 클레오파트라와 영웅들의 사랑은 그런 낭만적인 연애와는 달라.

펑!

클레오파트라 7세
프톨레마이오스 12세의 둘째 딸로 왕실의 혈통을 지키기 위한 법률에 따라 남동생인 프톨레마이오스 13세와 결혼하여 이집트를 공동 통치하였다.

당시 이집트는 세력이 기울고 로마가 강대국으로 떠오르던 시기로, 클레오파트라는 남동생과 권력 싸움 중이었어.

클레오파트라와 카이사리온 부조

언제든 로마의 속국이 될 수도 있는 상황에서 그녀는 로마 카이사르와의 사랑을 통해 권력을 차지했지.

둘은 카이사리온이란 아들까지 낳아 이집트와 로마 모두를 다스리려는 꿈도 가졌지만, 카이사르가 암살되면서 결국 실패했어.

카이사르

그 후 로마의 패권을 노리는 안토니우스와 결혼하면서 다시 일어서려 했지만,

안토니우스 또한 악티움 해전에서 전사하고, 클레오파트라는 스스로 목숨을 끊었지.

안토니우스와 클레오파트라

악티움 해전

51

어쨌든 사랑을 통해 권력을 찾고 나라를 지켰다는 거잖아! 근데 왜 자꾸 로마 얘기를 해?

헉!

너 설마 카이사르와 안토니우스가 로마의 영웅인 것도 모르는 거야?

어엇!

아! 서, 설마~!

사실 나도 지금 엄청 피곤하단 말이야. 오해는 하지 말아 줘~.

윽……

역시 아름다움은 큰 힘이라니까~. 그게 다 클레오파트라가 예뻤으니 가능한 얘기 아니겠어?

어…어이~

클레오파트라가 진짜 미인이었는지는 알 수 없지만……

어이구~ 머리야~

매우 총명하고 재능이 많았다고 해.

9개국 언어를 할 뿐 아니라, 과학과 수학에도 뛰어났다지?

영웅들도 외모보다는 그 재능에 반했을 거란 얘기도 있고……

응?

그래, 미모도 그 재능의 일부였겠지!

난 얼굴은 충분하고, 이제 공부만 열심히 하면……

쭈우얼

쭈우얼

오썩

클레오파트라처럼 멋진 사랑을 할 수 있겠지?

다이애나♡

파리스♡

뭐라고 중얼거리는 거야?

난 바람 쐬러 나간다.

저끈

꺄아

파리스~~좋아~♡

두통이 밀려오네~

저 검은색 요트,
아까 낮에는
없었어!

우아, 이게 형 거예요?
혼자 이 큰 배를 타다니
대단하다!

커다란 검은 개인 요트,
왠지 수상한 분위기의 남자!
뭔가 있는 게 틀림없어!

......

58

잠깐만!
가서 가방 좀
챙겨 올게!

그럴 시간 없어!
저 남잘 놓친다고!

가, 같이 가!

기다려!

다 다 다 다

룩소르,
왕가의 계곡

그래, 이 파피루스가
무덤의 위치를
알려 주는 지도라면,
먼저 여기
쓰인 테베를
확인해야지.

상형 문자
'테베'

네, 룩소스의
옛 지명은
테베니까요!

하트셉수트 여왕의
*장제전

와~, 정말 대단한
규모예요!

하트셉수트 여왕을 위해
제사를 올린 신전이죠?

그래, 여성이면서도
파라오라 불린 여왕이지.

원래 파라오는
남자만 가능했는데,

하트셉수트 여왕은 스스로를
'라'의 딸이자 여왕 호루스라
칭했고, 이집트인들도
신의 딸이라고 부르며 존경했어.

하트셉수트의 조각상

64

* **장제전** 고대 이집트에서 왕의 장례와 제사를 지내던 신전.

하트셉수트 장제전의
오시리스상

저 오시리스상처럼
남장에 수염을 달고
파라오 예복을 입었지.

그녀의 기념비에는
아프리카 푼트 지방을
정복한 내용이 자세하게
새겨져 있다네.

푼트
고대 이집트식 이름으로,
홍해 남쪽 해안과 이웃한
아덴 만 연안을 가리킨다.
현재의 에티오피아 해안과
지부티 해안이 해당된다.

푼트 지방

하트셉수트 여왕
투트모세 1세의 딸로 남편 투트모세 2세가 일찍 죽자, 의붓아들 투트모세 3세와
공동 파라오 자리에 올라 섭정을 하였다. 그녀는 '라'의 딸로 아몬과 한 몸이 된 여인이란
뜻의 '케네메트이멘', 가장 공경받을 여인이란 뜻의 '하트체페수트'로 불렸으며,
파라오가 가질 수 있는 모든 명예로운 호칭을 거의 다 사용했다. 하트셉수트 여왕은
최초이거나 유일한 여성 파라오는 아니었으나 오랜 기간 많은 업적을 남겨 명성이 높다.

이집트의 신화

자연신, 지역신, 추앙 받은 신 등 다양해요!

다양한 신들을 믿은 고대 이집트인

고대 이집트의 종교는 여러 신들을 믿는
다신교의 형태였습니다. 이는 모든 자연에
신들의 힘이 작용하여 자연 현상에도 신과
같은 성격이 있다고 믿었기 때문입니다. 나중에는 다른 민족들이 믿던 신까지
들어와 이집트에는 거의 700명에 달하는 신들이 존재했으며, 오시리스나 이시스와
같은 보편적인 신들부터 토트 · 호루스 · 세트 등 각 도시에서 믿던 지역신,
임호테프처럼 본래 사람이었다가 신으로 추앙받은 경우까지 다양했습니다. 그러나
이집트의 신화는 체계적으로 정리되지 않아, 같은 신일지라도 중요 신전이 자리한
도시나 시대에 따라서 그 능력이나 관련 신화가 달랐습니다.

©The Metropolitan Museum of Art

고왕국에서 신왕국으로, 국가 신의 변화

고대 이집트에서는 시대와 왕조에 따라 숭배하는 신도
달라졌습니다. 고왕국 시대 헬리오폴리스가 종교의 중심
도시로 여겨졌을 때는 이곳의 수호신인 태양신 라의
영향력이 강화되고, 왕권 및 사후 세계와 관련된 국가적인
신으로 숭배를 받았습니다. 때문에 파라오들은 스스로를
'라의 아들'이라고 부를 정도였습니다. 테베에 기반을 둔
중왕국 시대에는 테베의 수호신이자 전쟁과 영웅의 신인
몬수가 잠시 국가 신으로 떠오르기도 했으나, 곧 새롭게
테베의 수호신이 된 공기와 바람의 신 아몬이 그 자리를
차지했습니다. 신왕국 시대에는 아몬과 태양신 라가 결합한
아몬–라 신이 새로운 국가 신으로 숭배되었습니다.

아몬 신의 황금상
아문 · 아멘 · 아몬 · 암몬 등으로도 불리며, 기독교에서
기도가 끝날 때 사용하는 '아멘'도 여기서 유래하였다는 설이 있다.

이집트의 창세 신화

가장 널리 알려진 헬리오폴리스의 신화에 따르면
태초의 바다(나일 강)에서 벤벤이라는 언덕이
솟아나 그 언덕에 아툼이 스스로 존재하게
되었으며, 아툼이 빛을 만들어 태양신인 라가 되고,
태양신 라가 법과 조화의 여신인 마아트를 낳았다고
합니다. 이후 아툼은 공기의 신인 슈, 대지의 신인
게브, 하늘의 여신인 누트를 낳았습니다. 또 다른
내용의 멤피스의 창세 신화에서는 창조신인 프타의

이집트 신화 속 세계의 구성 하늘의 여신 누트(위)와 대지의 신 게브(아래)가 껴안고 있는 것을 공기의 신 슈(중앙)가 떼어 놓아 땅과 하늘이 만들어졌다고 한다.

심장과 혀로 세계가 창조되어 신들과 질서, 선악, 예술 등이 만들어졌다고
보았습니다. 이집트의 창세 신화가 다양한 것은 창세를 바라보는 시각이 다양했던
것으로 여겨지기도 합니다.

왕권과 죽음의 권위, 오시리스

오시리스와 이시스는 땅의 신 게브와 하늘의 신 누트의 자식들입니다. 오시리스는
태양신 라로부터 세상의 지배권을 받았는데, 이를 질투한 동생 세트에 의해 죽임을

오시리스 신과 이시스 신의 부조
이시스는 가장 오랫동안 숭배의 대상으로
남아 이집트 밖에서까지 신앙의 대상이
되기도 하였다.

당해 몸이 조각나 버려집니다. 오시리스의 아내인
이시스는 시체의 조각을 모아 묻어 주었고,
오시리스는 새 생명을 받아 지하 세계의
통치자이자 재판관이 되었습니다. 오시리스와
이시스의 아들인 호루스는 세트와 싸워 왕좌를
되찾고 이집트의 새로운 왕이 됩니다. 오시리스의
죽음과 부활에 대한 신화는 사후 세계에 대한
믿음과 왕권의 성립과도 밀접한 관련이 있어서,
이집트의 파라오들은 살아서는 태양의 신인
호루스의 화신이며, 죽어서는 저승의 신인
오시리스의 화신이 된다고 생각했습니다.

제4장
반갑지 않은 만남

이상한 바위산이야.

여, 여긴……?!

파리스, 여긴 어디야?

왕가의 계곡이라니까!

와, 왕가의 계곡이라면…….

그 유명한……!

왕의 가족들이 물놀이를 했던 곳이구나? 지금은 물이 없네?

이 뜨거운 사막에서 얼마나 시원했을까?

그치?

다이애나, 왕가의 계곡은 왕들의 무덤이야.

고왕조 시대의 피라미드가 도굴로 몸살을 겪자, 신왕조 시대의 왕들이 도굴을 피해 지은 무덤이라고!

나, 나도 알아~! 그냥 웃자고 한 소리야~.

어휴!

잠깐, 그 남자가 사라졌잖아!

어디로 갔지?!

어쩐 일이에요?
지난밤에 안 보이던데.

아, 네.
근처에 볼일이
있어서요.

늦어서
죄송합니다.

엥?

저 교수와 대학생들도
콜렉터 M과 관련이
있는 거야?

그럼 설마 저 파피루스가
사라진 보물 지도?

파리스, 이제 어떻게
할 거야?

파피루스부터
확인해야 하는데……

으아아아……

이미 내 얼굴을
알고 있으니 직접
나설 수도 없고!

왜, 왜 그래?

암튼, 지금은 네가 중요한 임무를 맡아 줘야겠어!

임무?

그래, 저기 있는 사람들에게 침투해서 몰래 정보를 빼 오는 건데······.

까악~! 난 못 해!

무섭단 말이야!

끄응~.

실망이야. 난 내 파트너가 멋진 스파이라고 믿었는데.

멋진 스파이?

아! 파리스가 제임스 본드면, 난 본드걸인 거구나!

응? 이 애는 누구지?

누가 아이를 데려왔나?

난 아닌데.

나도 아니야.

살금 살금

얘, 넌 누구니?

......

길 잃었어?

박사님 일행인가?

......

?

박사님, 설마 파피루스에 적힌
상형 문자 테베만 보고
왕가의 계곡에 오신 건 아니죠?

무슨 소리야?
네페르티티 왕비의 무덤이
테베에 있다는 단서만으로도
이유는 충분하잖아.

사실은 여기로 이끄는
상형 문자가 또 있었다네.

네?

역시!

이걸
읽어 보게!

어떻게 됐어?

좀 알아냈어?

다다닥

물론 확실히 파악해 왔지.

우선 제일 나이 많은 사람이 교수 같아.

근데 스타일이 완전 엉망이더라고~.

구겨진 양복에 다 뻗친 머리칼 하며, 콧수염도 안 깎았지 뭐야.

대학생들도 마찬가지고.

센스가 꽝이야!

내 추리에 따르면 사흘은 머리를 안 감은 게 확실해!

뭐, 뭐야……

그런 거 말고! 파피루스 보고 오랬잖아!

아! 파피루스도 슬쩍 끼어들어서 보긴 했는데…….

슈슈슉

괴상한 그림이랑 글자뿐…….

끙~.

네가 본 거 대강이라도 그릴 수 있어?

뭐?!

얘, 얘는~. 내가 그걸 어떻게 그려?

너 어제 술라 구박한 거 기억 안 나냐?

아무튼 글자 치고는 너무 어렵게 생겼더라고!

알았어. 하긴 인류가 이집트의 상형 문자를 읽는 데까지,

하아

시간이 아주 많이 걸리긴 했으니까.

신성 문자라고도 부르는 상형 문자는
기원전 3300년 무렵부터 만들어졌어.
세상에서 가장 오래된 글자 중 하나야.

이집트 문자
고대 이집트 문자는 히에로글리프(신성 문자), 히에라틱(신관 문자),
데모틱(민중 문자), 세 가지 종류가 있다. 흔히 상형 문자라 불리는
신성 문자는 주로 왕들의 이름이나 업적, 신전 등에 사용하였으며
수메르 문자와 함께 세상에서 가장 오래된 문자로 여겨진다.
상형 문자는 원래 인간, 동물, 식물 등을 그림으로 나타낸 표의
문자로 시작했지만, 표음 문자로 사용되며 24개의 알파벳이
정해졌다. 표음 문자로 쓰이면서 상형 문자의 사용이 편리해졌다.

그 후 상형 문자를 간단하게
쓴 신관 문자와 민중 문자도
만들어졌지만 1300년 이상 잊혀져
해독이 불가능했지.

로제타석

지금은 제대로
읽을 수 있는 거야?

그러니까 우리가
여기 있지!

상형문자

민중문자

그리스문자

1799년 나폴레옹의
이집트 원정대가
로제타석을 발견하면서
실마리를 제공했어.

로제타석에는 기원전 196년
프톨레마이오스 5세의 공적이
상형 문자, 민중 문자, 그리스어
세 가지 언어로 기록되어 있었거든.

그리스어를
바탕으로 상형 문자 해독에
도전한 거지.

영국의 과학자이자 언어학자인 토마스 영과
프랑스의 언어학자 샹폴리옹이
큰 역할을 했어.

내가 최초로 해독을 시도해, 타원 테두리 안의 문자가 파라오의 이름인 걸 밝혀냈지.

영국이 로제타석을 가져가 버렸으니, 난 탁본으로 해독해야겠군!

프톨레마이오스 1세
◀ 클레오파트라 7세

토마스 영(영국)

샹폴리옹(프랑스)

당시 영국과 프랑스는 워털루 전투를 치른 후였기 때문에 국가 간의 경쟁도 치열했어.

영국이 먼저야!

어서 해석해!

영국에 질 수 없어!

프랑스가 먼저 해독한다!

민중 문자는 해독했지만, 아무리 생각해도 상형 문자는 알 수가 없어!

영국 박물관

상형 문자는 말소리를 그대로 옮겨 적은 표음 문자가 아닐까?

프랑스 그르노블

고대 이집트어와 가장 가까운 언어인 콥트어의 발음과 비교해 보자!

87

그리고 1822년, 샹폴리옹은 27개나 되는 파라오의 이름을 해독해냈어.

아스완의 거대한 신전에 있는 상형 문자는,

람세스라고 읽습니다!

오~, 내가 한발 늦었군!

거봐, 학자들도 그렇게 오래 걸렸는데 내가 어떻게 한번에 읽고 쓰니?

나한테 너무 많은 걸 요구하는 거 아냐?

누가 해석하래?! 그럼 들은 거라도 말해 봐!

아, 그게……. 뭐라고 하긴 했는데…….

이집트의 상형 문자

신의 말씀, 히에로글리프

이집트의 상형 문자는 히에로글리프라고 불리며 그리스어로 성스러운 기록이라는
뜻입니다. 이 문자는 기원전 3200년경부터 왕의 이름이나 업적 등을 기록할 때
사용된 것으로, 인체와 사람의 동작, 동식물, 지형, 천체, 물건 등 세상에서 관찰되는
모든 것을 바탕으로 형성되었습니다. 본래 낱낱의 글자가 뜻을 가지는 표의
문자였으나, 각 문자의 음이 정해지면서 표음 문자의 역할도 하게 됩니다.
히에로글리프는 신의 말씀으로 여겨졌기 때문에 긴 역사 속에서도 크게 변하지 않고
문자의 숫자만 늘어나, 프톨레마이오스 왕조 시대의 신관도 3천 년 전 고왕국
시대의 글을 해석할 수 있을 정도였습니다. 그러나 이렇게 신성시되던
히에로글리프도 프톨레마이오스 왕조의 멸망 이후 점차 잊혀졌고, 기독교가 로마의
국교가 된 후 문자를 아는 사제들이 사라지자
완전히 잊혀지게 되었습니다.

파리 콩코드 광장의 오벨리스크
고대 이집트의 태양을 상징하는 기념비로,
이러한 기념물이나 장식용 비문을 작성하는
데에 히에로글리프가 주로 사용되었다.

이집트의 상형 문자는
히에로글리프 외에도 신관들이 쓰는
히에라틱 문자와 기원전 8세기경에
발명된 민중들이 쓰는 문자인
데모틱도
있습니다.

로제타석의 발견

오랜 세월 베일에 싸여 있던 이집트의 상형 문자는 1799년 8월, 프랑스 병사들의
발견으로 전환점을 맞았습니다. 당시 이집트는 나폴레옹의 침공 이후 프랑스의
지배하에 있었는데, 프랑스 병사들이 이집트 북부 로제타 시 근교에서 고대

이집트의 비석 하나를 발견한 것입니다. 이집트 전문 학자들은 곧 이 비석에 같은 내용이 히에로글리프, 데모틱(아랍어 같은 흘림 글자), 그리스어의 형태로 각각 새겨져 있다는 것을 파악하였고, 그리스어 문장을 통해 이 비석이 프톨레마이오스 5세가 내린 칙령의 사본임을 알게 되었습니다. 그러나 이 상형 문자를 해독하는 데는 그로부터 20년이 더 걸렸습니다.

로제타석 로제타석의 내용이 세 가지 문자로 적혀 있었던 것은 사제와 신하들, 이집트에 거주하는 그리스인들과 같은 여러 부류의 사람들이 볼 수 있게 하기 위해서라고 한다.

상형 문자를 해석해 낸 샹폴리옹

1802년, 프랑스군이 영국과 터키의 공격에 항복하면서 로제타석 또한 영국으로 넘겨졌습니다. 그러나 로제타석의 중요성을 알고 있던 프랑스는 여러 개의 복사본을 만들어 두었고, 프랑스군의 샹폴리옹 대위는 그중 한 개를 그의 조카에게 보여 줍니다. 본래 고대 이집트에 대한 관심이 깊고, 고대 언어에 특출한 재능을 지녔던 샹폴리옹의 조카는 20년간 해석에 매진하여, 고대 이집트의 언어가 히에로글리프와 신관 문자 히에라틱, 데모틱의 세 가지 형태로 사용되었으며, 상형 문자가 표의 문자이면서 표음 문자이기도 하다는 결론을 내렸습니다. 이러한 결론이 1822년 논문을 통해 세상에 발표되며, 사라졌던 이집트의 상형 문자는 다시금 세상에 알려졌고 이를 통해 고대 이집트의 역사와 문화를 알 수 있게 되었습니다.

샹폴리옹의 저서 〈이집트어 문법학〉
1814년 영국의 토마스 영이 민중 문자인 데모틱을 해독하고, 이를 바탕으로 샹폴리옹이 상형 문자를 해독할 수 있었다. 샹폴리옹의 성과는 현대 이집트학의 바탕이 되었다.

제5장
장인들의
수호신

세티 1세의 무덤 입구

말도 안 돼.
세티 1세의
무덤이라니!

왜? 신의 아버지는
세티 1세라며?

그건 세티 1세의 보물을 찾는 지도니까!

진짜 저 파피루스가 콜렉터 M이 훔쳐 간 술라의 파피루스였어!

정말이야?

세티 1세의 보물을 찾는다면…….

으아아~, 어떻게 이런 일이!

그래, 저 남자! 대체 무슨 속셈이지?

분명 저 사람이 파피루스를 빼돌린 게 틀림없어!

정말 엄청나네요!
왕가의 계곡에 있는 무덤 중
가장 크다더니…….

벽이랑 천장이
온통 그림으로
가득 차 있어!

고대 이집트의 문화와
예술은 세티 1세 시대에
절정에 달했네.

그래서 이곳에 남은
그림들은 문화재적
가치도 매우 높다네.

윌리엄 박사님,
이 벽화는……!

오, 이집트의
장례 문서로군!

네,
사자의 서예요!

번번히
나서기는!

고대 이집트인들은
죽은 이가 다음 세계로
가기 위해서는 꼭 사자의 서가
필요하다고 생각했지.

사자의 서

신왕조 시대 이후 미라와 함께
무덤에 묻은 지하 세계
안내서로, 죽은 사람이 무사히
저승에 도착하길 기원하는
기도문과 마법의 주문,
그리고 가장 중요한 저승의
재판에 관해 적혀 있다.
죽은 사람의 심장을 정의의
상징인 마아트 여신의 깃털과
천칭 저울에 달아 무게를 재어
깃털과 균형을 이루면 내세로
갈 수 있지만, 심장이 더
무거우면 죄가 많은 것으로
판단하여 괴물 아뮤트에게
심장을 먹히고 영원히
죽게 된다.

배심원 역할을 하는 신들

죽은 자

행운과
재생의 여신

운명의 신

심장의 무게를
재는 아누비스

기록하는
토트

괴물 아뮤트

죽은 자의 영혼인 바

사자의
뭐라고?

왜 난데없이
사자 얘기를
하는 거지?

조금 전

다이애나, 한 번만
더 도와줘.

또 스파이를
하라고?!

잘 못한다고
화낼 때는 언제고?!
싫어, 싫어!

아냐, 다이애나 넌
내가 아는 스파이 중
가장 훌륭해!

아, 파리스~!
이제 내 미모뿐만
아니라 실력에도
매력을 느낀 거야!

어, 쟤 또 왔네?

좀 이상해 보이는데 대체 누구지?

다이애나!

이번엔 보고 들은 걸 메모지에 다 적어 와! 알았지?

아, 맞다. 적어야지!

하나도 빠짐없이!

이 사자의 서는 채색이 훌륭하군!

사…자.

저, 윌리엄 박사님.

정말 이 근처에 네페르티티의 무덤이 있을까요?

아마르나의 유물에서 나온 파피루스잖아!

그렇다면 당연히 네페르티티 왕비와 관련 있는 유물의 지도겠지!

그래, 파피루스에 세티 1세의 상형 문자가 있었으니 그의 무덤부터 조사해야지!

그럼요, 이 무덤엔 비밀 지하 터널까지 있으니까요.

고대 이집트 제8왕조
10대 아케나톤＋**왕비 네페르티티**
(기원전 1353년～ 기원전 1336년)
▼
11대 스멘크카레
▼
12대 투탕카멘

고대 이집트 제9왕조
1대 람세스 1세
▼
2대 **세티 1세**
(기원전 1290년～기원전 1279년)
▼
3대 람세스 2세

중얼 중얼

하지만 네페르티티는 왕비이고, 세티 1세보다 선대인데······.

네? 그게 왜요?

게다가 세티 1세의 직계 가족도 아닌데, 굳이 비밀 무덤으로 연결할 필요가 있었을까요?

왕비들은 주로 여왕의 계곡에 묻혔잖아요.

그런가요?

이 그림도
마음에 걸리고요.

파피루스에 있던
그림인데요.

이 사람
뭘 하고 있는
걸까요?

망치를
들었네요?

아, 상형 문자도 있었어요.

뻔쩍

프타 신이라고
적혀 있네요.

프타…….
앗, 메모지
다 썼네?

네, 프타 신은
천지를 창조하고 정의를
세운 창조의 신이죠.

고왕국 시대의
수도 멤피스에서
최고신으로 섬겼고요.

그리고
보니…….

해리!

상형 문자도 읽을 줄 알아요?

대단한데요!

평범한 일꾼이 아니네~

바, 발굴 팀을 따라다니다 보니 귀동냥으로 배우는 게 있어서…….

하하…

내가 보기엔 재능이 있는 것 같아요! 고고학 공부를 하는 게 어때요?

그, 그 정도는 아니에요.

지구본, 좀 조용히 해! 윌리엄 박사님께 방해되잖아!

빠직

방해는 자네가 더 하고 있거든!

꼬깃 꼬깃

휙 휙

스윽

휙

잘됐다. 이 뒤에 적으면 되겠어!

크크크……

이, 이게 다 뭐야?

내 실력이 어때?
한마디도 빼지 않고
다 적었어!

그럼 뭐 해!
하나도 못
알아보겠다고!

빨리 쓰다 보면
그럴 수도 있지!

이리 줘!
내가 읽어 줄게!

어, 그러니까…….
이게 뭐였더라?

뭐야, 너도
못 읽잖아!

오호호호~!

그, 그게 시간만
더 있으면…….

잠깐만! 이 종이는 어디서 났어?

아, 메모지가 떨어져서…….
어떤 대학생이 버린 종이 뒷면 좀 썼지.

이건……!

프타 신이잖아?

혹시 이것도?!

그 대학생이 파피루스를
옮겨 적은 거라던데,
쓸 만한 게 있어?

고대 이집트인들이 생각한 사후 세계

내가 이미 한 번
죽었다 살아났기 때문에
저승을 알고 있는 거야!

오시리스

고대 이집트인들은 자연 현상 및 인간의 삶에 대해 의문을 품고
해답을 찾기 위해 노력했는데, 그러다 보니 죽은 뒤 영혼이
머무르는 사후 세계를 중요하게 생각하였습니다. 그 때문에 삶은
죽음 이후를 준비하는 짧은 순간에 불과하다고 여겼으며, 저승을 담당하는 오시리스
신은 더더욱 중요한 신으로 자리 잡게 되었습니다.

사자의 서, 영혼을 사후 세계의 안내서

사자의 서는 사후 세계에 대한 글과 죽은 자의 영생에 대한 기원 및 신에 대한 찬가
등이 쓰인 문서로, 고대 이집트 무덤에서 부장품으로 발견되곤 합니다. 죽은 자의
영혼이 저승에서 만나게 될 신들을 잘 달래고, 오시리스 신의 심판대에 서서는
부활의 자격을 얻을 수 있도록 하기 위해서 넣은 것입니다. 심판의 과정을 올바르게
거치지 못하면 부활할 수 없다고 믿었기 때문에, 사후 세계에서 거쳐야 할 과정을
사자의 서에 적어 죽은 자를 도우려 한 것으로 보입니다.

©Wikipedia

사자의 서
죽은 자의 죄의 무게를
재고 심판을 받는 과정
등을 담아 저승의
안내서 역할을 하였다.

미라, 내세에 대한 강한 믿음

고대 이집트에서는 시신에도 혼이 깃들어 있으며, 생전의 육체 없이는 오시리스의
세계로 들어갈 수도 없고 심판을 받거나 부활의 자격을 얻을 수도 없다고
생각했습니다. 때문에 시신을 보존하는 것은 죽은 자의 내세를 위해서 중요한 일로

여겨졌습니다. 미라를 남기는 것은 원래 파라오의 특권이었으나 점차 귀족들에게도 허락되었으며, 나중에는 모든 이집트인들이 미라를 만들었습니다. 가장 오래된 것은 제2왕조 시대의 미라이며, 고왕국 시대에는 내장 처리법 등의 제작 기술이 더욱 발달하였고, 중왕국 시대에는 미라에 죽은 자의 얼굴 모습을 본뜬 마스크를 씌웠습니다. 신왕국 시대부터는 호루스의 네 아들을 상징하는 사람·자칼·매· 원숭이의 형상이 뚜껑에 장식된 카노푸스 단지에 장기를 보관하였습니다.

미라 제작은 3세기까지 이어졌으나, 기독교가 전파되고 이집트 고유 종교가 쇠퇴한 뒤에는 더이상 만들어지지 않았습니다.

미라 제작 과정

① 해가 지는 방향인 나일 강의 서쪽에서 시신을 강물로 씻어 죽은 자의 영혼의 부활과 영생을 기원한다.

② 시신이 썩지 않게 향유와 향료를 바르고, 심장을 제외한 장기를 분리해 방부 처리하거나 건조시킨 후 아마포에 싸서 용기에 보관한다.

③ 시신 속에는 자연산 방부염을 헝겊에 싸서 채우고 작은 구멍을 뚫어 체액이 밖으로 빠져나올 수 있게 한 다음, 완전한 탈수를 위해 천연 소다에 묻는다.

④ 70일에 걸친 방부 처리가 끝나면 미라가 완전히 건조되는데, 이를 다시 나일 강물에 씻어 내고 각종 향신료를 발라 약 스무 겹의 아마포 붕대를 감는다.

⑤ 붕대의 맨 끝에 죽은 자의 이름을 쓴 뒤, 얼굴 부분에 마스크를 씌우고 전신에 송진을 입힌 붕대를 감으면 완성된다.

응? 어디 갔지?
내 메모지!!

해리가
청소라도 했나?

해리! 해리!

혹시 해리
못 봤어요?

글쎄요, 아침부터
안 보이던데…….

어디 간다는
말도 없었고요?

네.

근데 그 친구,
지난번에도
그러지 않았어?

맞아, 갑자기
나타났다
사라졌다 했지.

자세한 건
모르겠지만.

하긴, 우리랑은
말도 잘 안 하니까.

비켜 봐!

뭐야, 아침부터 싸우자는 거야?

급히 확인할 게 있어!

뭔데? 나한테 말하고 확인해!

그건 파피루스가 들어 있던 항아리잖아.

맙소사!

가짜였어!

무슨 소리야?

바로 그 장인들의 마을에 보물이 있다고!

그럼 준비…….

너, 자꾸 이러면!

버리고 간다?!

에잇, 어디 있는 거야?

거의 다 왔을 텐데……?!

엥?
수, 술라!

내가 알렉산드리아에서 여기까지
어떻게 왔는지 알아?

네 녀석들 수소문하느라
고생한 걸 생각하면!

지금도
피가 거꾸로
솟는다고!

자, 잠깐 진정하고
내 얘기 좀 들어 봐!

일부러 그런 게 아니야.
상황이 너무 급했다고!

맞아, 경찰에 신고할
시간도 없었단 말이야!

다, 다이애나!

경찰에……,
나를?!

125

피라미드 형태의 사회 구조

고대 이집트의 사회 구조는 피라미드와 같은 형태를 띠었습니다. 파라오를 정점으로 하여 그 아래에 고위 관리 및 지방 장관 등 소수의 지배 계층인 귀족이 있었으며, 일반 사제와 서기로 대표되는 하급 관리 · 상인 · 기술자 등이 중간 계층을 이루었습니다. 그리고 인구의 대다수인 농민과 노예가 하층을 차지했습니다. 이러한 피라미드식 사회 구조는 시기에 따라 약간의 변동은 있었으나, 로마의 속주로 전락하기까지 3천 년이 넘는 시간 동안 사회 구조의 기본적인 틀을 유지했습니다.

인구의 대다수인 하층민이 이 구조를 떠받치고 있었기 때문에 오래 갈 수 있었어요!

파라오

사제, 귀족, 관리, 군인

상인, 기술자

농민, 노예

고대 이집트의 생산 계층, 농민

대부분 전쟁 포로 출신인 노예들은 각종 육체노동에 시달렸으나, 중요한 경제 생산 활동에는 참여하지 않았습니다. 고대 이집트를 유지하는 데 가장 중요한 계층은 파라오의 권위를 절대적으로 믿고 따른 농민이었습니다. 농민들은 강력한 파라오의 보호 아래 외적의 침입에 시달리지 않고 경제 활동을 하였고, 토지에 매여 농사를 짓는 동시에 피라미드 제작 등 여러 부역에 동원되었습니다. 농민들은 노예와 달리 사고팔리거나 무조건적인 복종을 강요받지 않았지만, 세금을 내야 했기 때문에 세금 징수관에게 체벌을 받거나 탐관오리에게 착취당하기도 했습니다.

©British Museum

소를 이용해 밭을 가는 고대 이집트의 농부 인형
고대 이집트의 농부들은 쟁기를 사용하여 밀과 보리 농사를 짓고 빵과 맥주를 만들기도 하였다.

신분 상승이 가능한 관리와 특권 계급인 사제

서기 등의 하급 관리 계층은 사회적으로 특별한
대우를 받았습니다. 파라오를 중심으로 하는 중앙
집권 국가를 유지하기 위해서는 문자를 아는 이들이
반드시 필요했기 때문입니다. 이들은 세금이나 부역의
의무가 없었고, 각자의 능력에 따라 고급 관리나
사제가 될 수도 있었습니다. 그러나 파라오의 권위가
약해지면서 권력이 강화된 고위 관료들이 자신의
지위를 자식에게 물려주어 하급 관리들의 신분 상승을
가로막게 되었습니다. 또한 사제는 분리된 계층이
아니라 고급 관료가 잠시 맡는 직책 정도였으나,
이들이 권력을 가지면서 특권 계층으로 떠올랐습니다.

서기관상 또렷하고 진한 눈 화장과
적당히 살이 오른 체형, 온화한 표정
등은 서기의 지위와 생활이 풍족하고
편안하였음을 보여 준다.

파라오와 이집트의 법

파라오는 지상에서 살아가는 신으로, 파라오의 말은 신이 정한 법이자 국가의
유일한 법칙이었습니다. 그러나 아무리 파라오라고 해도 자기 마음대로
행동할 수는 없었습니다. 생전에 얼마나 진실하고 정의로웠는지에 따라 사후
세계에서의 평가가 갈리기 때문에, 파라오조차도 그 기준에 맞게 행동하려고 노력한
것입니다. 특히 평가의 기준이 되는 '정의의 여신 마아트의 법칙'은 절대적인 선이자
진리로 파라오를 포함한 만인에게 적용되었고, 이에 기반하여 법이 발달할 수
있었습니다. 사자의 서에서 사후 세계의 재판 모습에서 보이는 재판관 오시리스,
배심원을 거느린 검사인 호루스, 서기관인 토트, 그리고 피고인인 죽은 자의
모습은 오늘날 형사 재판의
원형으로 여겨지기도 합니다.

마아트 여신
주로 타조 깃털 모양의 머리 장식을 한 모습이지만,
때로는 깃털 하나가 마아트 여신을 나타내기도 한다.

고대 이집트의 오랜 라이벌로, 특히 람세스 2세 때의 카데시 전투가 유명하잖아요.

히타이트 제국

카데시

이집트

카데시 전투

기원전 13세기 후반, 시리아와 팔레스타인의 패권을 두고 다투던 두 나라는 세티 1세 때부터 크고 작은 무력 충돌이 이어지다 람세스 2세 때 큰 전쟁이 벌어진다. 이집트의 무역 중심지였던 오론테스 강가의 카데시에서 히타이트의 무와탈리 왕이 이끄는 1만 7천여 대군과 람세스 2세의 2만여 대군이 맞붙은 것이다. 이 전투로 막상막하의 군사력을 지닌 두 나라 모두 큰 손실을 보았고, 기원전 1269년 세계 최초로 평화 협정을 체결하였으나 이후 두 나라는 모두 국력이 급속히 기울고 말았다. 아부 심벨 신전 등에 전투의 내용이 부조로 남아 있다.

서로 승리를 주장할 만큼 막상막하의 싸움이었지만, 손실도 그만큼 컸지.

또 히타이트는 메소포타미아 문명에서 매우 중요한 나라야.

네, 그러니까 어서 히타이트 유적지로 가자고요!

하지만 지구본 말대로 끝을 보고 싶구먼.

맞습니다. 무엇보다 해리의 목적이 무엇인지 알아내려면,

파피루스를 따라가야 해요.

그 사기꾼의 목적은 알아서 뭐 하려고?!

......

안 그래도 내가 그 녀석을 잡으려고 벌써......!

자, 진정하고 이걸 보게. 여기 프타 신은 장인들의 수호신이잖나.

상형문자 '프타'

잡히기만 해봐!

만약 이 지도가 장인들의 마을을 가리킨다면, 가 볼 만한 가치가 있다네.

그렇죠?

도토란, 거기 가면 장인들의 무덤도 볼 수 있잖아.

나도 알거든?

신왕국 시대에 왕의 무덤을 건설한 장인과 그 가족들의 마을, 묘지 등이 그대로 보존되어 있으니 그 역시 중요한 유적이지.

묘지 지역

장인들의 마을

오스트라카

장인들의 마을

왕가의 계곡에서 약 1km 거리에 기원전 1500년, 아멘호텝 1세 때 만들어진 것으로 추정되는 장인들의 마을이 있다. 담으로 둘러싸인 마을에는 목수, 화가, 조각가와 대장장이 등 뛰어난 장인들과 그들의 가족이 모여 살던 약 60여 가구의 집과 도로가 있으며, 근처에는 예배소와 묘지가 있다. 마을 유적에서 장인과 가족들이 글과 그림으로 기록하거나 낙서를 한 토기 조각 오스트라카도 다수 발굴되어, 고대 이집트인의 생활상을 연구하는 데 귀중한 자료로 쓰이고 있다.

우리가 고대 이집트인의 일상생활에 대해 알게 된 것도,

그곳에서 쏟아져 나온 중요한 기록들 덕분이었지.

그래서 그곳에 뭔가 있다고 기대하시는 거예요?

설마 지구본이 늘 말하는 네페르티티의 무덤은 아니겠죠?

......

맞아, 항아리도 가짜였고 파피루스에 네페르티티란 말도 없었으니까.

대신, 세티 1세와 관련 있는 게 아닐까?

세티 1세는 무덤이랑 장례 신전 등 이미 대부분이 발견됐잖아!

관련 있을 것 같다는 거지~.

이를테면 전설 속 세티 1세의 보물이라든가.

말도 안 되는 소리!

여기에 하토르 여신의 예배당이 있어.

하토르 여신의 예배당

그럼 여기에 보물이 있는 거야?

어디?

이 안에?

기다려 봐! 파피루스 내용은 아직 끝나지 않았어. 진짜는 지금부터야.

봐, 암소 옆에 장인이 망치를 위로 치켜들었는데, 손가락이……!

142

143

찾았다!

다이애나,
여기야!

응?

다, 당신이
언제……?!

읍……

146

고대 이집트와 주변국의 관계

고대 이집트는 서양 세계의 패권이 오가는 중심 지역에서도 한가운데에 있어, 주변국과 수많은 전쟁을 치르고 경쟁하며 3천 년의 역사를 이어 갔습니다. 히타이트 같은 위협적인 나라가 있었던 반면, 누비아와 페니키아 등은 이집트의 영향 아래에 문화적 유대를 쌓기도 하였습니다.

히타이트

기원전 2천 년경 아나톨리아 반도를 정복하고 세워진 히타이트 왕국은 강력한 철제 무기를 바탕으로 바빌로니아를 무너뜨릴 정도의 신흥 강국이었습니다. 히타이트가 시리아로 진출을 시도하면서 이집트에게 위협이 되자, 기원전 1275년 카데시에서 큰 전쟁이 벌어집니다. 양국은 막상막하로 맞섰으나 결국 세계 최초의 평화 조약을 맺고 동맹국이 되는 것으로 마무리됩니다.

페니키아

오늘날의 시리아 및 레바논 지역 도시 국가들의 연맹인 페니키아는 뛰어난 항해 기술을 바탕으로 상업을 발달시켰습니다. 기원전 15세기 제18왕조의

투트모세 3세는 페니키아를 정복하여 이집트의 영향력 아래 두었으며, 이 지역을 통해 활발한 무역 활동을 벌였습니다.

아히람 왕의 석관 알파벳의 기원이 된 페니키아 문자가 적힌 것 중 가장 오래된 유물이다.

EGYPT

누비아

이집트 남부의 누비아는 황금과 상아 등의 특산품이 많아 고왕국 시대부터 이집트인들이 이곳에 관심을 두었고, 투트모세 3세가 군대를 이끌고 남하하여 정복한 후에는 점차 이집트화되었습니다. 그러나 제20왕조 말에 북부 누비아가 이집트로부터 독립하고 쿠시 왕국의 왕 샤바카가 이집트를 정복하여 파라오에 등극하면서, 누비아인들의 이집트 왕조인 제25왕조가 열리기도 하였습니다.

누비아 궁수들의 목조 인형 제11왕조 메세티 왕의 무덤에서 출토된 인형이다. 이집트의 병사 중에는 누비아의 용병이 많았다.

리비아

리비아는 언어나 문화적으로 이집트와 유사한 점이 많았지만, 왕조 시대에는 이집트와 적대 관계였습니다. 이집트 서쪽 국경에 자리 잡고 있던 리비아는 제19왕조의 세티 1세 때부터 이집트 국경을 침략하여 종종 전쟁을 치렀으나 이후 람세스 3세 시기부터는 점차 이집트에 정착하는 리비아인이 늘어납니다. 제21왕조 때에는 리비아 출신의 파라오가 등장하기도 합니다.

이스라엘

본래 유프라테스 강 유역의 우르에 살던 히브리인들은 오랜 시간 떠돌다가 제1중간기에 이집트에 정착하였고 신왕국 시대가 시작되면서 이집트인들의 노예가 되고 맙니다. 성경의 '출애굽기'는 이들의 이집트 탈출 과정을 그린 것입니다. 그 시기는 다소 불분명하지만, 히브리인들은 적어도 기원전 12세기에 가나안에 자리를 잡고, 이집트가 혼란스러웠던 제3중간기에 이스라엘을 세우면서, 성경에 나오는 다윗이나 솔로몬 왕 등이 활약했던 것으로 보입니다.

'출애굽기'에서 히브리인을 박해한 파라오는 기원전 13세기의 람세스 2세라는 설이 있어요. 기원전 15세기의 투트모세 3세라는 설도 있다고!

제8장
의문의 산사태

다 된 일을
망치다니!

해리 녀석, 세티 1세의
보물과 함께 조용히
잠들었겠지?

돌아가자.

마, 마스터!
어떻게 내게
이럴 수가……!

용서할 수 없어!
반드시……,
복수할 테다!

카이로의 병원

NASSER INSTITUTE

콩ㅡ 투덜 井 井 투덜

부들

충격 보도!
장인들의 계곡에서
의문의 테러

정체 불명의
헬리콥터 추적 중

해리,
그 녀석이야!

이것도
그 녀석 짓이
분명하다고!

콰 악

160

162

➡ 세계사 보물찾기 〈인더스 문명 편〉도 기대해 주세요!

강 작가의 마감 후기

강 작가,
참기름 줄 테니까
빈 병 하나 들고
놀러 와~.

응! 고마워,
누나.

참, 이 근처에 보물찾기
그림으로 꾸며진 지하도 입구가
있다던데……, 앗!

마감 끝나고
몰골이 엉망임

우아~!

저건 한국사 보물찾기
토리 화랑이잖아!

보물찾기 시리즈가
이렇게 큰길가에
걸려 있다니!

우아아,
멋지다!

〈베트남에서
보물찾기〉잖아!
곳곳에 보물찾기야!

보기만 해도
배부르다는 게
이런 거구나!

반짝   반짝

꼬르륵…

* 멋진 그림판을 만들어주신 송파구청과
  한국 만화 협동 조합에게 감사 드립니다 ~ ^^

서바이벌 | 만화 | 과학상식

식물 세계에서 살아남기 ①

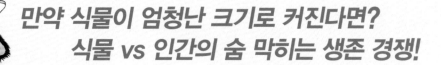

만약 식물이 엄청난 크기로 커진다면?
식물 vs 인간의 숨 막히는 생존 경쟁!

홀로 작은 섬에서 비밀 연구를 진행 중인 천재 식물학자 박식! 지오의 실수로 박사의 배합액이 온실 전체에 뿌려지며 식물들은 상상할 수 없는 속도로 몇 배나 크게 자라고, 조용하던 섬은 곧 식물들로 들썩이기 시작하는데……. 과연 지오와 케이, 열매는 이 위기를 어떻게 돌파할까요?

글 달콤팩토리 | 그림 한현동 | 감수 김진석(국립생물자원관) | 값 9,800원

근간 예정 | 식물 세계에서 살아남기 2

감수자의 말
어린이들에게 어려울 수 있는 식물의 분류, 형태 및 부위별 기능 등을 만화를 통해 재미있고 긴장감 있게 읽을 수 있다. – 김진석 박사(국립 생물 자원관)

❀ 교과 연계 ❀
3–4학년군 과학 ❸ 2. 식물의 한살이
3–4학년군 과학 ❹ 1. 식물의 생활
5학년 과학 1학기 3. 식물의 구조와 기능
중학교 1학년 과학 4. 광합성

서바이벌 만화 과학상식

(주)미래엔 서울특별시 서초구 신반포로 321 문의 | 미래엔 고객센터 1800-8890 팩스 02)541-8249 i-seum@i-seum.com www.mirae-n.com

아이세움
i-seum

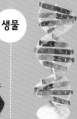
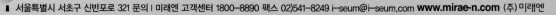